#001

GRIP
きゅっ
TU AS BIEN REPASSÉ TA CHEMISE ?
OUI.
TU N'AS RIEN OUBLIÉ, HEIN ?
TCH... JE SUIS PLUS UN GAMIN !
PAPA A SORTI LA VOITURE ET T'ATTEND DEHORS.
YAMATO N'EST TOUJOURS PAS ARRIVÉ NON PLUS ?
がっ
FWIP
JE GÈRE, JE T'AI DIT !
À PLUS TARD !
ガラッ
CLAC

AMUSEZ-VOUS BIEN !
FAITES ATTENTION QUAND VOUS VOUS GAREZ...
D'ACCORD.
MERCI DE NOUS LA PRÊTER.
MITSUOMI !

10 Novembre
La météo est au beau fixe aujourd'hui
La température est de…
……
Toujours la même émission radio,
Les mêmes voitures que l'on croise de temps en temps.
MERCI, M'SIEUR !
Ces paysages ruraux qui s'étendent à perte de vue,
Et ce grand ciel bleu infini.
Il y a quatre ans nous avions 25 ans,
Et maintenant, nous vivons nos derniers instants avant la trentaine.
QUELLE BELLE JOURNÉE !

Quand je suis revenu dans mon village natal après m'être fait virer de mon boulot à Tôkyô, je l'ai rencontré,
Yamato Kumai.
Il ne m'a pas fallu longtemps pour être attiré
Mitsuomi, t'as retrouvé ton accent de campagnard !
Par cet homme au sourire impertur-bable.
Yamato était orphelin avant de se faire adopter par les Kumai.
Il cachait beaucoup de choses derrière ce visage heureux,
Donc il y a 3 ans,
Nous sommes retournés à Tôkyô, où il est né, pour en apprendre plus sur son passé.
C'est ce même jour que je lui ai avoué mes senti-ments...
J'ai fait ça parce que je t'aime !
Et qu'il m'a embrassé dans le train du retour.
Dans cette campagne où le temps semble s'écouler plus rapidement, j'ai déjà l'impression que ce sont de lointains souvenirs.
TIC TAC
ガ
MINCE !
JE ME SUIS TROMPÉ DE CLIGNOTANT...
ゴッ

C'est la seule fois où je lui ai dit que je l'aimais,
Et on ne s'est jamais officiellement mis en couple,
TU COMPTES TE TROMPER ENCORE COMBIEN DE FOIS ?
Malgré ça je reste à ses côtés,
Et je passe du bon temps, sans chercher à rencontrer quelqu'un d'autre.
HEUREUSEMENT QUE TON PÈRE NOUS A PRÊTÉ SA VOITURE, QUAND MÊME...
T'IMAGINES SI L'ON ÉTAIT ARRIVÉS AU MARIAGE AVEC UN CAMION DE LIVRAISON !
ÇA NE TE FAIT RIEN DE CONDUIRE AVEC TA CRAVATE SERRÉE ?
TU AURAIS PU LA METTRE À NOTRE ARRIVÉE SUR PLACE.
OUAIS, MAIS JE NE SAIS PAS LA NOUER TOUT SEUL...
C'est papy qui me l'a mise.
AH, D'ACCORD.
ガコ TIC TAC
ガコッ TIC TAC
ちら ZIEUTE

REGARD INTENSE
ARRÊTE DE ME REGARDER COMME ÇA...
Je vais rougir.
J'AI L'AIR BIZARRE ?
GLOUPS
MAIS NON, C'EST PAS ÇA...
ELLE TE VA BIEN, CETTE TENUE.
ET PUIS JE NE JUGE PAS LES GENS À LEUR APPARENCE.
ÇA TE VA BIEN À TOI AUSSI !
TU PORTAIS DES COSTUMES QUAND TU TRAVAILLAIS SUR TÔKYÔ ?
DE TEMPS EN TEMPS.
HARADA VA SE FICHER DE NOUS EN NOUS VOYANT ARRIVER HABILLÉS COMME ÇA.
ÇA, C'EST SÛR...

C'EST SA JOURNÉE, APRÈS TOUT.
CLAP
CLAP
FÉLICITATIONS, HARADA !
BLA BLA
FÉLICITA-TIONS...
BLA BLA
OUAIS OUAIS, MERCI.
ME FAITES PAS ROUGIR.
Harada était dans la même classe que Yamato durant 3 ans,
Au début, je ne l'aimais pas, parce qu'il avait compris qu'il se passait quelque chose entre nous.

TRÈS BIEN,
GARDEZ LA POSE !
Mais jusqu'à présent,
C'est la personne qui nous a le plus soutenus.
CLIC
TCHIN
TCHIN
SANTÉ !
BLA BLA
ALORS ÇA Y EST, T'ES MARIÉ MAINTENANT, HARADA !
IL RESTE QUI ENCORE ?
SETO, NAKAKEN, ET QUI D'AUTRE ?
BLA BLA
YAMATOOO, ÇA FAIT LONGTEMPS !
SALUT !
BLA BLA
QU'EST-CE QUE TU DEVIENS ?
TU NE BOIS PAS D'ALCOOL ?
NON.
C'EST MOI QUI CONDUIS.
BLA BLA

C'EST TROP BON...
MIAM
Ah bon ?
Ah ah ah !
OH ! Ça va, Ose-chan ?
TU TE SOUVIENS DE CE QUE C'ÉTAIT ÇA, MITSUOMI ?
C'EST TELLEMENT ÉLABORÉ QUE JE NE SAIS MÊME PAS CE QUE C'EST COMME PLAT..
Même si c'est très bon.
MIAM
MIAM
UNE TERRINE OU UN TRUC DU GENRE ?
JE NE SAIS PAS CE QU'IL Y A DEDANS NON PLUS.
HÉÉÉÉ ! C'EST YAMATO !
YO !
VENIR À TA CÉRÉMONIE ?
NON MERCI.
ALLEZ...
TU NE PARTICIPES JAMAIS AUX RÉUNIONS D'ANCIENS ÉLÈVES NON PLUS, TU NE VEUX PAS VENIR CETTE FOIS AU MOINS ?
HMM...
MAIS MITSUOMI NE CONNAÎT PERSONNE DONC JE NE PEUX PAS LUI DEMANDER DE M'ACCOMPAGNER.
SLURP
ズーッ

Ah,
C'EST VRAI QUE VOUS DEVREZ VENIR EN VOITURE.
T'INQUIÈTE, JE TROUVERAI DE QUOI TUER LE TEMPS.
ÇA RISQUE D'ÊTRE COMPLIQUÉ, IL N'Y A RIEN AUTOUR DE LA SALLE.
SOURIT
TU NE VEUX PAS VENIR QUAND MÊME, MITSUOMI ?
JE TE TIENDRAI COMPAGNIE SI TU TE SENS SEUL !
C'est ce qu'il m'avait dit ce jour-là...
COMMENT IL COMPTAIT FAIRE ÇA EN ÉTANT LE MARIÉ ?!
ぽ
SEUL
つん
AU MONDE
VROOO
ヴィーン...
JE M'EN DOUTAIS UN PEU, MAIS QUAND MÊME...
FIXE
CLING
カタン
C'EST VRAI, OUI !
ZIEUTE
ÇA DATE !

ET QUI EST CE JEUNE HOMME ?
HEIN
ON A LE MÊME ÂGE, IL ÉTAIT PARTI SUR TÔKYÔ,
MAIS EST REVENU HABITER AU VILLAGE IL Y A QUATRE ANS.
AH BON !
S'INCLINE
JE M'APPELLE MITSUOMI KOZUKA,
ENCHANTÉ.
PSST
PSST
AH,
EST-CE PAR HASARD...
C'est le fils Kozuka...
Oh, avec Yamato ?
Je n'ai pas du tout l'intention
De leur dévoiler qu'on sort ensemble,
HMPH
ALORS POURQUOI EST-CE QUE JE ME SENS SI MAL À L'AISE ?
SOURIT
ENCHANTÉ !

J'AI UN MEMBRE DE MA FAMILLE QUI ME L'A RACONTÉ,
MAIS EN FAIT, KOZUKA ET YAMATO...
BAM
EH OUI !
ILS SONT VOISINS, KOZUKA EST LE FILS DE CELUI QUI TIENT LE MAGASIN DE MEUBLES BOUDDHISTES.
PAS VRAI ?
AH.
J'Y SUIS ALLÉ UNE FOIS JE CROIS !
MOI AUSSI !
ON A EU CHAUD !
S'ILS NOUS AVAIENT POSÉ DES QUESTIONS SUR NOUS DEUX, ON AURAIT RUINÉ LA PLUS BELLE JOURNÉE DE LA VIE DE HARADA...
PFIOU
PFIOU
EXCUSE-MOI !

TU N'ÉTAIS PAS À L'ÉCOLE PRIMAIRE ÔHARA ?
HEIN ?
TU ES KOZUKA, NON ?
ON N'A JAMAIS EU COURS EN-SEMBLE, MAIS J'ÉTAIS DANS LA MÊME ÉCOLE QUE TOI !
OH, EUH...
DÉSOLÉ...
AH AH AH !
C'EST NORMAL QUE TU NE TE SOUVIENNES PAS DE MOI !
JE SUIS MINAMI OCHI, TU POURRAS T'EN RAPPELER MAINTENANT.
Je peux m'asseoir ?
TU TE SOUVIENS DE NOTRE PROF, HASHIMOTO ?
OUI !
IL PARAÎT QU'IL TRAVAILLE ENCORE LÀ-BAS !
AH OUI ?
MAIS IL A DÉJÀ PLUS DE SOIXANTE ANS, NON ?

ZIIIP
C'ÉTAIT UNE BELLE CÉRÉMONIE.
ZIIIP
POUR TOUT T'AVOUER,
JE N'AURAIS PAS CRU QU'ILS SE MARIERAIENT, APRÈS APRÈS NOUS AVOIR DIT QU'ILS S'ÉTAIENT SÉPARÉS.
CLAC
ON DIT SOUVENT QU'ON SE SÉPARE POUR MIEUX SE RETROUVER,
ÇA DEVRAIT ALLER POUR EUX.
CLAC
J'AI CRU QUE J'ALLAIS PLEURER DURANT LE DIAPORAMA...
C'EST FAIT POUR !
ROOH
T'ES TOUJOURS SI RABAT-JOIE !

Ah,
JE PENSAIS QUE LE LANCER DE BOUQUET N'ÉTAIT RÉSERVÉ QU'AUX FEMMES,
MAIS ÇA N'A PLUS L'AIR D'ÊTRE LE CAS CES DERNIERS TEMPS.
N'hésitez pas à participer, messieurs !
HMM...
C'EST LA PREMIÈRE FOIS QUE J'ÉTAIS INVITÉ À UN MARIAGE ALORS JE NE M'Y CONNAIS PAS TROP,
MAIS C'EST ÉMOUVANT DE SE FAIRE FÉLICITER PAR AUTANT DE GENS.
BIP
Au prochain feu, tournez à gauche.
C'EST VRAI QUE...
ÇA RISQUE D'ÊTRE PLUS COMPLIQUÉ POUR NOUS..
CRII
MERCI DE M'AVOIR ACCOMPAGNÉ,
DÉSOLÉ DE NE PAS AVOIR PU LES DISTRAIRE.
HM ? DE QUOI TU PARLES ?
BAH, MÊME SI HARADA NOUS A COUVERTS EN CHANGEANT DE SUJET, CERTAINS AVAIENT L'AIR AU COURANT POUR NOUS DEUX...
ÇA T'A UN PEU MIS MAL À L'AISE, NON ?

JE ME DOUTAIS QUE ÇA ALLAIT ARRIVER QUAND J'AI CHOISI DE T'ACCOMPAGNER.
HEUREUSEMENT, IL Y AVAIT QUELQUES PERSONNES QUE JE CONNAISSAIS.
QU'EST-CE QU'IL Y A ?
IL Y A AUSSI BEAUCOUP DE PERSONNES QUI NE SAVENT PAS QU'ON EST ENSEMBLE,
ET QUI SE SONT DEMANDÉS SI TU ÉTAIS SUR LE POINT DE CONCLURE AVEC CETTE FILLE...
J'ÉTAIS UN PEU JALOUX.
PFFT
ぼっ

AVANT TU NE FAISAIS QUE SOURIRE POUR UN RIEN,
DEPUIS QUAND TU SAIS FAIRE LE MEC BOUDEUR ?
ALLEZ
AÏEUH !
TOUT ÇA...
JE NE LE MONTRE QU'À TOI, MITSUOMI.

ON A ENCORE LE TEMPS,
TU VEUX FAIRE UNE PETITE PAUSE ?
TOUJOURS AUSSI SUBTIL DANS SA FAÇON DE DEMANDER...
On l'a déjà fait plusieurs fois...
Alors pourquoi est-ce que...
Ça m'excite toujours autant ?
TRESSAILLE
AH,
ATTENDS...
JE VEUX TE L'ENLEVER.

FUIP
MITSUOMI,
T'AS LES OREILLES TOUTES ROUGES.
MITSUOMI... ?
TAP
AH !

SHH
SHH
COMMENT S'EST PASSÉE LA CÉRÉMONIE ?
HMM... ÇA VA.
J'AI VU QUELQUES PHOTOS, HARADA EST LE SOSIE DE SON PÈRE AVEC CETTE COIFFURE !
ILS VONT VIVRE PRÈS D'ICI AVEC SA FEMME, C'EST ÇA ?
OUI.
C'EST BIEN, VOUS POURREZ ALLER LE VOIR QUAND VOUS VOULEZ.
J'ai un membre de ma famille qui me l'a raconté,
Mais en fait, Kozuka et Yamato...
MAMAN,
EST-CE QU'ON T'A DÉJÀ FAIT DES COMMEN-TAIRES SUR YAMATO ET MOI ?

HOP-LÀ !
POUR-QUOI ?
ON T'A DIT QUELQUE CHOSE LÀ-BAS ?
J'EN ÉTAIS SÛR...
ON N'ÉTAIT MÊME PAS AU COURANT...
JE SUIS DÉSOLÉ...
TU N'AS PAS BESOIN DE T'EXCUSER, MON FILS.
LAISSE LES GENS PARLER.
ARRÊTE DE ME DÉPRIMER
ALORS QU'IL Y A EU UN BEAU MARIAGE À CÉLÉBRER !
PARDON !

J'AI ÉTÉ SURPRISE QU'ON M'EN PARLE...
MAIS VOUS NE FAITES RIEN DE MAL ENSEMBLE,
N'EST-CE PAS ?
CLONG
NON...
ALORS GARDE LA TÊTE HAUTE, MON GRAND !
ZBLAF
ばしっ
AÏE !!
PAS BESOIN DE RUMINER POUR ÇA.
JE VAIS ALLER DISTRIBUER LE FORMULAIRE !
AU FAIT,
EN PARLANT DE MARIAGE,
L'autre jour, à la télé j'ai vu...

TAP
PACTE CIVIL...
DE SOLIDARITÉ...
LE PACS.
TAP
ALORS ÇA EXISTE VRAIMENT...
Hmm...
UN CERTIFICAT ÉMIS PAR LE GOUVERNEMENT LOCAL
QUI RECONNAÎT QUE DEUX PERSONNES APPARTENANT À UNE MINORITÉ SEXUELLE SONT LIÉES DE FAÇON SIMILAIRE AU MARIAGE.
AU JAPON, ÇA N'A AUCUN EFFET JURIDIQUE...
HMM...
TAP
JE N'AI AUCUNE RAISON DE LUI PROPOSER ÇA...
NOTRE RELATION ACTUELLE NOUS SUFFIT AMPLEMENT.
Ah, mais...
Comment on pourrait qualifier notre relation ?

On s'est déjà embras-sés...
On est même déjà allés beaucoup plus loin que ça.
Je ressens son amour et moi je lui exprime à ma manière,
Mais je pense qu'il le ressent lui aussi.
Malgré ça...
EST-CE QU'ON EST DES AMIS ?
DES AMANTS ?
UNE FAMILLE... ?
HMM...
JE N'ARRIVE PAS À METTRE LE DOIGT DESSUS.
Notre relation à tous les deux
Est vraiment difficile à définir...
CLANG
CLANG
MITSUOMI !

DÉSOLÉ,
J'AI FROID AUX MAINS, TU PEUX M'OUVRIR ?
OUI, J'ARRIVE.
Hop !
PARDON DE TE DÉRANGER.
OH,
DES POMMES DE TERRE DÉS-HYDRATÉES !
NON, C'EST MOI !
BOM
ド
ザッ
TU AIMES BIEN ÇA ?
ON A PU EN FAIRE PLUS QUE D'HABITUDE CETTE ANNÉE.
Malgré ça...
Pourquoi est-ce qu'elles sont de couleurs différentes ?
On a fait un mélange de deux variétés !

Je meurs d'envie
D'être la seule personne
Que Yamato veut à ses côtés.

TING !

restart can be hungry

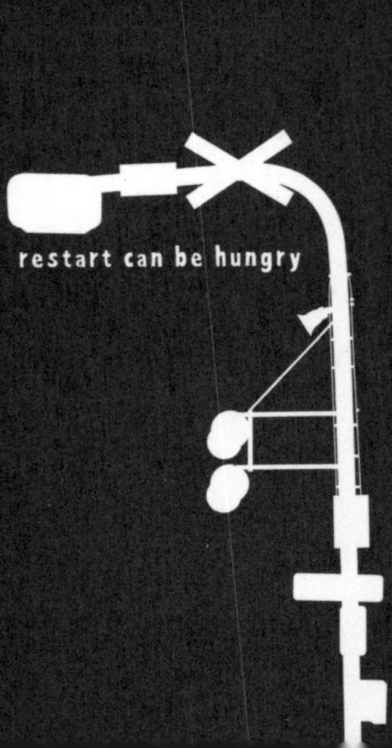
restart can be hungry

J'AI QUELQUE CHOSE À TE DEMANDER, MITSUOMI.
SHLICK
TU POURRAIS PRENDRE DES PHOTOS ?
DES PHOTOS ?
DE QUOI ?
FUIP
TIENS, REGARDE ÇA.
野菜のネット直売所
login
TU VEUX VENDRE DES LÉGUMES EN LIGNE ?
OUI !
C'EST UN PEU PLUS CHER QUE DE LES ACHETER EN MAGASIN,
MAIS IL PARAÎT QUE DE PLUS EN PLUS DE CLIENTS ACHÈTENT EN LIGNE SI C'EST SÛR ET DE BONNE QUALITÉ.
IL Y A DÉJÀ QUELQUES FAMILLES DE FERMIERS QUI UTILISENT CE GENRE DE SERVICES.
SI ON POSTULE ET QUE NOTRE PROFIL EST APPROUVÉ, LE SITE S'OCCUPE DE TOUT.
Je vois !
J'EN AI DÉJÀ ENTENDU PARLER.

EST-CE QUE TU TE RAPPELLES…
DE CE QU'A DIT MONSIEUR KUROSAWA DANS LE COULOIR QUAND PAPY S'EST FAIT UNE ENTORSE ?
AAH !
EH BIEN IL SE TROUVE
QUE C'EST LUI QUI M'EN A PARLÉ !
Il ne pourra pas tout confier au gamin si quelque chose lui arrive…
Il n'est pas originaire du village, en plus.
OOH,
IL A ENFIN RECONNU TES MÉRITES.
Ah Ah !
J'ESPÈRE, OUI.
ET DONC TU VEUX QUE JE PRENNE DES PHOTOS POUR LES METTRE SUR LE SITE ?
S'IL TE PLAÎT.
ALLEZ, PAPY !

ARRÊTEZ DE FAIRE CETTE TÊTE GROGNON,
VOUS N'ALLEZ RIEN VENDRE, SINON !
HMPH
JE N'AIME PAS LES PHOTOS,
FAIS ÇA VITE.
ALORS...
C'EST PARTI ! 1, 2, 3...
#002

ELLES SONT PAS MAL, NON ?
JE CROIS QUE PAPY FAIT MÊME UN SOURIRE SUR CELLE-CI !
TAP
MALGRÉ ÇA IL A TOUJOURS L'AIR AUSSI RONCHON.
Ah ah ah
QU'EST-CE QUE C'EST QUE CETTE PHOTO ?
Je retourne travailler, moi.
IL VAUDRAIT MIEUX QUE LES LÉGUMES AIENT L'AIR PLUS APPÉTISSANTS...
BIP
BIP
JE VAIS MODIFIER LE CONTRASTE SUR L'ORDINATEUR PLUS TARD.
JE FAISAIS CE GENRE DE CHOSES À TÔKYÔ ALORS JE SUIS POINTILLEUX SUR LES DÉTAILS.
JE ME SUIS TOUJOURS POSÉ LA QUESTION...
OUI ?
QUAND TU ÉTAIS À TÔKYÔ,
EST-CE QU'IL T'EST ARRIVÉ DE SORTIR AVEC DES FEMMES ?
QU'EST-CE QUI TE PREND ?
RIEN DE SPÉCIAL !
MAIS TU M'AS DIT TOI-MÊME...

QUE MALGRÉ TOUT LE MONDE QUI T'ENTOURAIT DANS CETTE VILLE, TU N'AVAIS JAMAIS EU DE SENTIMENTS POUR QUELQU'UN DU MÊME SEXE.
OÙ EST-CE QUE TU VEUX EN VENIR ?
ばっ
TOURNE
BAH, MAINTENANT...
TU T'ES MIS AVEC MOI...
ぐっ
CLOUPS
C'EST VRAI...
JE NE SAURAIS PAS T'EXPLIQUER...
J'AI JUSTE RESSENTI QU'À CE MOMENT, C'ÉTAIT TOI DONT J'ÉTAIS AMOUREUX.
SERRE
ギュッ
ARRÊTE, C'EST GÊNA...

MITUSOMI,
TU SAIS...
OUI ?
?
NON, RIEN...
LÂCHE
ぱっ
On ne peut pas s'empêcher de faire attention au regard des autres dans cette campagne,
Alors il y a très peu d'endroits où nous pouvons être ensemble.
Même si on se voit chaque jour,
Je pense qu'on peut compter le nombre de nos baisers sur les doigts de la main...

Mais ces derniers temps...
J'ai l'impression qu'il m'en fait beaucoup plus.
ALLEZ !
JE COMPTE SUR TOI POUR LES PHOTOS DE LÉGUMES !
JE VAIS EN CHERCHER, ATTENDS-MOI ICI.
FUIP
Enfin,
C'est pas comme si je n'aimais pas ça...
葬儀式場
MITSUOMI,
VA POSER ÇA DANS LA PIÈCE D'À CÔTÉ.
D'ACC'.
HOP !
BLOM
CLAC

KOZUKA ?
HM ?
JE NE M'ATTENDAIS PAS À TE VOIR ICI, TU TRAVAILLES ?
BAH… TU NE TE RAPPELLES PAS DE MOI ?
MINAMI OCHI !
T'as déjà oublié ?!
QUOI ?
AH ! MAIS OUI !
DÉSOLÉ, JE NE T'AVAIS PAS RECONNUE.
T'ES EN TRAIN DE ME DIRE QUE MON VISAGE CHANGE À CAUSE DU MAQUIL-LAGE ?
ÇA ME BLESSE, TU SAIS !
JE N'AI JAMAIS DIT ÇA ?!
NE T'EN FAIS PAS, JE BLAGUE !
ET DONC, TU ES ICI PARCE QUE…
OUI,
UN DE MES PROCHES EST DÉCÉDÉ.
Toutes mes condoléances.

*NdT : Il parle des autels bouddhistes pour les enterrements

On ne s'y habitue jamais vraiment...
À la tristesse de ces moments.
C'EST JUSTE MON OPINION, MAIS...
JE NE PENSE PAS QU'ON DOIVE SE FORCER À SE RAPPELER DU MOINDRE SOUVENIR PARTAGÉ AVEC LES AUTRES.
C'EST VRAI QUE CERTAINS DEVIENNENT OBSCURS ET QU'ON EN OUBLIE D'AUTRES AVEC LE TEMPS,
MAIS AU FOND...
JE PENSE QUE SE REMÉMORER CES PERSONNES À CERTAINS MOMENTS PRÉCIS DE NOTRE VIE EST DÉJÀ UNE BONNE FAÇON DE LEUR RENDRE HOMMAGE.
EN ATTENDANT, C'EST NORMAL DE SE SENTIR TRISTE.
KOZUKA, TU ES VRAIMENT DIGNE D'ÊTRE LE FILS D'UN VENDEUR DE MEUBLES BOUDDHISTES...
Je suis impressionnée.
ÇA VEUT DIRE QUOI, ÇA ?!

MERCI !
TU M'AS REMONTÉ LE MORAL.
ON M'A TOUT RACONTÉ !
HM ?
TON PÈRE M'A DIT QUE TU AVAIS PASSÉ DU TEMPS
À CONSOLER LES PROCHES DU DÉFUNT.
POC
AH BON...
OUI, C'EST VRAI.
BON, BAH ON DIRAIT QU'ON A ENFIN RECONNU MES MÉRITES AUSSI.

OH, IL EST TRÈS VIRIL SUR CETTE PHOTO !
13 : 16
ya-sai831.com
C'EST TOI QUI AS PRIS ÇA, MITSUOMI ?
OUI !
TU ES DOUÉ !
C'EST VRAI QU'ELLE EST BIEN PRISE,
LES LÉGUMES RISQUENT DE SE VENDRE POUR LES MAUVAISES RAISONS...
Sacré beau gosse...
HMPH
むむっ
ILS M'ONT DIT QU'ILS ÉTAIENT OCCUPÉS CAR ILS AVAIENT BEAUCOUP DE COMMANDES.
AH,
C'EST POUR ÇA QU'ON NE LES VOIT PLUS.
YAMATO TRAVAILLE DUR.
Bon appétit !
熊井

BON, JE RENTRERAI SI J'AI L'IMPRESSION DE GÊNER.
CRII
カラ
CRII
カラ
B'JOUR !
OH,
C'EST MITSUOMI.
VOUS ÊTES TOUT SEUL, PAPY ?
YAMATO EST PARTI ENVOYER LES PRODUITS.
FRSHT
ガサ
FRSHT
ガサッ
AH BON...
VOUS AVEZ L'AIR VRAIMENT OCCUPÉS.
LES RÉCOLTES NOUS DEMANDENT DU TRAVAIL AUSSI...
ATTENDS-LE EN HAUT.
IL VA BIENTÔT RENTRER.
QUOI ?
NON, JE REVIENDRAI PLUS TARD !
RESTE,
YAMATO AUSSI SE SENT BEAUCOUP MIEUX QUAND IL EST AVEC TOI.

CLING
チャン
LA VENTE EN LIGNE...
AU DÉPART VOUS N'ÉTIEZ PAS TRÈS ENTHOUSIASTE MAIS VOUS VOUS ÊTES FINALEMENT LAISSÉ FAIRE !
JE NE ME SUIS PAS OCCUPÉ DE GRAND CHOSE,
JE NE CONNAIS RIEN D'INTERNET ET TOUS CES BIDULES DE SITE...
MAIS BON...
C'EST PLUTÔT RARE QU'IL VEUILLE AUTANT S'IMPLIQUER.
JE VOIS.
YAMATO AUSSI EST DEVENU UN FERMIER EXEMPLAIRE !
MITSUOMI.
OUI ?

JE VEUX QUE TU PRENNES SOIN DE LUI S'IL M'ARRIVE QUELQUE CHOSE.
EST-CE QUE...
EST-CE QUE VOUS AVEZ QUELQUE CHOSE À M'ANNONCER ?
NON, RIEN.
ON NE DIT PAS CE GENRE DE CHOSES S'IL N'Y A RIEN !
VOUS ÊTES MALADE ?
NON, NON, LE MÉDECIN M'A DIT QUE J'ÉTAIS EN BONNE SANTÉ.
HAA ホッ
Vous m'avez fait peur.
NE DITES PAS DES CHOSES QUI PORTENT MALHEUR.
ÇA N'A RIEN À VOIR,
C'EST JUSTE QU'ON NE PEUT PAS PRÉVOIR DE QUOI L'AVENIR SERA FAIT.
J'avais oublié que la mort pouvait arriver si brusquement
Même quand on est en bonne santé...

CLAC
JE SUIS RENTRÉ !
TAP
TAP
AH,
MITSUOMI EST LÀ ?
SALUT !
ÇA FAIT LONGTEMPS, NON ?
ENFIN, À PEU PRÈS CINQ JOURS.
OUAIS.
ALORS, ÇA MARCHE BIEN LES VENTES EN LIGNE ?
NE TRAVAILLEZ PAS TROP DUR, TOUS LES DEUX.
C'EST GRÂCE À TOI !
HÉ HÉ
T'EN FAIS PAS.

TING
Maman
Pot-au-feu ce soir
Invite Yamato
TAP
TAP
MA MÈRE T'INVITE À MANGER UN POT-AU-FEU CHEZ NOUS CE SOIR.
OH, GÉNIAL...
MAIS JE NE VEUX PAS VOUS DÉRANGER...
Quel bouillon ?
AU MISO.
Aaaah... Mon préféré !
TING
TING
TU REÇOIS BEAUCOUP DE MESSAGES...
Tu ne veux pas les lire ?
BOF, C'EST TOUJOURS LA MÊME CHOSE.
« ACHÈTE DES OEUFS EN RENTRANT ! »,
« C'EST LE JOUR OÙ ILS SONT MOINS CHERS ALORS VAS-Y AVEC YAMATO ET PRENDS EN DEUX DOUZAINES »...
Je me permet.
FIXE
?
QUOI ?
SCRATCH

NON, RIEN.
ÇA SE PASSE BIEN, AU TRAVAIL ?
CES DERNIERS TEMPS, JE TRAITE DIRECTEMENT AVEC LES CLIENTS,
ET MON PÈRE ME FAIT BEAUCOUP DE COMPLIMENTS.
SCRONCH
SCRONCH
C'EST BIEN !
Donne-moi un morceau.
Miaaam
AU FAIT,
J'AI REVU MINAMI OCHI L'AUTRE JOUR.
AH BON...
PAR HASARD ?
OUI, À DES FUNÉRAILLES.
ELLE M'A ENGUEULÉ PARCE QUE JE NE L'AI PAS RECONNUE.
ELLE EST TOUJOURS PÉTILLANTE,
ÇA REMONTE LE MORAL DE LUI PARLER.
....

On affirme qu'il faut vivre sa vie pour n'avoir aucun regret...
Je compte sur toi pour prendre soin de Yamato.
POUR N'AVOIR...
AUCUN REGRET...
AU FAIT...
SCRATCH
HM ?
C'EST MA MÈRE QUI M'EN A PARLÉ, MAIS...
IL EXISTE UN CERTIFICAT QUI PERMET DE SE LIER EN TANT QUE COUPLE HOMOSEXUEL, UN PEU COMME UN MARIAGE...
C'EST RECONNU PAR CERTAINS GOUVERNEMENTS LOCAUX.
IL Y A QUELQUES CRITÈRES POUR MONTER LE DOSSIER, MAIS C'EST PLUTÔT SIMPLE QUAND ON RÉSIDE DÉJÀ DANS LE DÉPARTEMENT...
ÇA A ÉTÉ MIS EN PLACE DANS LE NÔTRE IL N'Y A PAS SI LONGTEMPS QUE ÇA.

JE ME DISAIS QU'ON POURRAIT DEVENIR UNE VRAIE FAMILLE.
ENFIN, SACHE QUE ÇA NE CHANGE RIEN AU NIVEAU LÉ...
...GAL.
CE N'EST RIEN.
Ha ha
JE VOULAIS JUSTE QUE TU SACHES QUE ÇA EXISTE.
ÇA POURRAIT FAIRE ÉVOLUER NOTRE RELATION UN PEU...
FRSHT

EN FAIT, JE NE VOIS PAS TROP CE QUE ÇA APPORTERAIT DE PLUS À NOTRE SITUATION ACTUELLE.
JE SUIS DÉJÀ TRÈS HEUREUX COMME ÇA.
VRRR
VRRR

FRR
ガタッ
VRRR
ヴヴー
JE VAIS PRÉVENIR PAPY QUE JE MANGE CHEZ VOUS CE SOIR.
VRRR
ヴヴーーッ
PAPY !
LA MÈRE DE MITSUOMI M'INVITE À DÎNER CE SOIR !
Même si moi aussi
Je me disais qu'on en avait pas besoin,
Et qu'on était très bien comme on l'est maintenant...

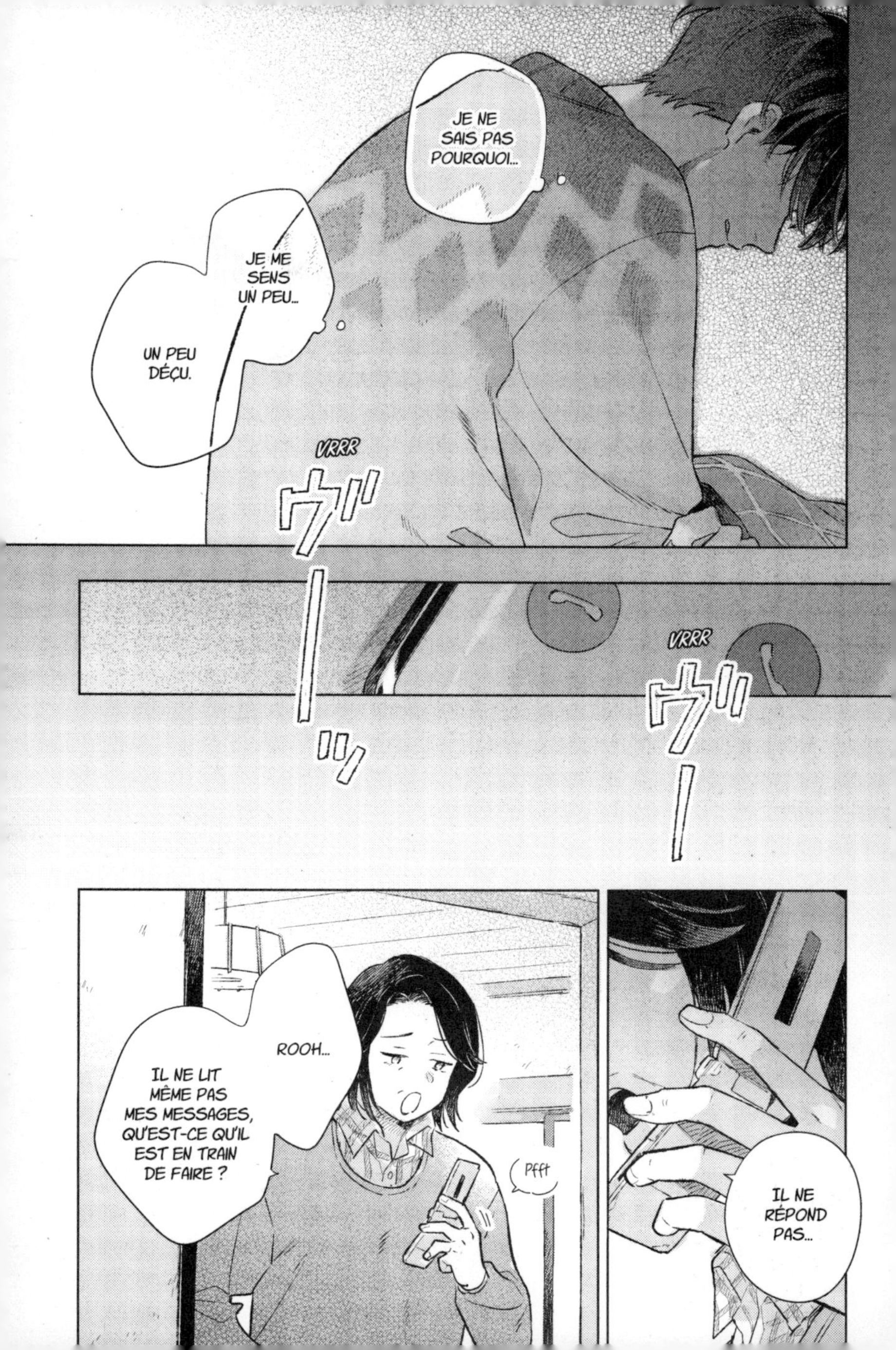

JE NE SAIS PAS POURQUOI...
JE ME SENS UN PEU...
UN PEU DÉÇU.
VRRR
VRRR
IL NE RÉPOND PAS...
ROOH...
IL NE LIT MÊME PAS MES MESSAGES, QU'EST-CE QU'IL EST EN TRAIN DE FAIRE ?
Pfft

JE SUIS VRAIMENT DÉSOLÉE,
JE SAIS QUE VOUS VENEZ DE LOIN...
CLAP
CE N'EST RIEN.
C'EST MOI QUI AI CHOISI DE LUI RENDRE VISITE,
EXCUSEZ-MOI DE NE PAS L'AVOIR PRÉVENU.

restart can be hungry

restart can be hungry

#003
AU FAIT,
QU'EST-CE QU'ON DEVAIT ALLER CHERCHER POUR TA MÈRE ?
SILENCE...
Je ne vois pas trop ce que ça apporterait de plus à notre situation actuelle.
MITSUOMI ?

QU'EST-CE QUE VOULAIT TA MÈRE?
HEIN ?
OH, J'AVAIS OUBLIÉ !
FRR
C'EST PAS COMME S'IL M'AVAIT DIT QU'IL VOULAIT QU'ON SE SÉPARE...
JE ME FAIS TROP DE FILMS...
Tu sais...
Non, rien...
J'aimerais tellement savoir ce qu'il veut me dire quand il me lance un « Tu sais... »,
Mais j'ai aussi tellement peur...
ÇA IRA PLUS VITE DE LUI DEMANDER DIRECTEMENT.
Ah,
J'AI DES APPELS MANQUÉS.
QU'EST-CE QU'ELLE VOULAIT ?

Maman
Il y a un certain Higuchi qui veut te voir.
カッ
TAP
BONSOIR MADAME !
CLAC
OH,
KOZUKA !

SCOUIC
ET VOILÀ !
BONSOIR.
VOUS ÊTES ENFIN RENTRÉS !
VOUS NE RÉPONDIEZ PAS AU TÉLÉPHONE, OÙ EST-CE QUE VOUS ÉTIEZ ENCORE EN TRAIN DE TRAÎNER ?
MONSIEUR HIGUCHI,
QU'EST-CE QUE...
S'incline
ÇA FAIT LONGTEMPS, HEIN ?
TCHAC
DÉSOLÉ POUR CETTE VISITE À L'IMPROVISTE.

D'HABITUDE C'EST YAMATO QUI M'AIDE POUR ÇA,
MERCI BEAUCOUP !
TOUT LE PLAISIR EST POUR MOI.
LAISSEZ-MOI ME PRÉSENTER À NOUVEAU.
Manabu Higuchi
Tel 000-0000-0000 Fax 000-0000-0000
JE SUIS MANABU HIGUCHI,
JE TRAVAILLAIS AVEC MITSUOMI SUR TÔKYÔ IL Y A QUELQUES ANNÉES.
ACTUELLEMENT, JE SUIS GROSSISTE DE PRODUITS DE PREMIÈRE NÉCESSITÉ ET D'ARTICLES DIVERS.

VOUS RESSEMBLEZ BEAUCOUP À L'ACTEUR QUI JOUE DANS CE DRAMA POPULAIRE DERNIÈREMENT !
MERCI. ÇA ME FAIT PLAISIR.
C'ÉTAIT TON SUPÉRIEUR ?
JE LE CONNAIS DEPUIS QUE J'AI QUITTÉ LA FAC,
IL ÉTAIT COMME UN MENTOR, ENFIN, IL A BEAUCOUP VEILLÉ SUR MOI.
ET POURQUOI IL EST ICI ?
IL M'AVAIT ENVOYÉ UN MESSAGE IL Y A QUELQUE TEMPS POUR ME DIRE QU'IL AVAIT LANCÉ SA PROPRE ENTREPRISE...
ET QU'IL VOULAIT QUE JE VIENNE TRAVAILLER POUR LUI, DONC ÇA DOIT ÊTRE POUR ÇA.
QUOI ?
OH,
T'INQUIÈTE, J'AI REFUSÉ.
SOUPIR

FUIP
BON, JE NE VOUDRAIS PAS VOUS DÉRANGER PLUS LONGTEMPS.
HEIN ?
GRAB
NON, RESTE !
PARDON,
JE COMPRENDS...
LÂCHE
TU DOIS TE SENTIR UN PEU EXCLU...

YAMATO, JE T'AI PRÉPARÉ TES MAKI PRÉFÉRÉS AUX ALGUES KOMBU,
RESTE MANGER AVEC NOUS !
PAT
とんっ
OUI, MAIS...
DIS, MITSUOMI,
OÙ EST-CE QUE TU AS MIS LA VIANDE ?
QUOI ?
LA VIANDE ?
JE T'AI DEMANDÉ D'ACHETER DE LA VIANDE POUR LE POT-AU-FEU !
HEIN ?
TU RIGOLES !
BAM
ゴンッ
Ouais ouais
17:22
Achète la viande que tu préfères.
17:34
Il y a un certain Higuchi qui veut te voir.
SWIP
すいー
AH MINCE...
DÉSOLÉ, JE N'AVAIS PAS VU...
T'ES PAS CROYABLE !
À QUOI TE SERT TON TÉLÉPHONE PORTABLE, HEIN ?
JE ME DÉPÊCHE D'ALLER CHERCHER ÇA.
CLING
バタ
PARDON...
C'EST PAS VRAI...
OÙ EST-CE QUE J'AI MIS MON PORTE-MONNAIE ?
IL EST LÀ !
CLANG
バタ

YAMATO, SI TU AS LE TEMPS TU POURRAIS ÉPLUCHER LES RADIS ?
JE REVIENS VITE !
ガラッ
CLAC
À TOUT DE SUITE.
DÉSOLÉ,
ELLE COURT TOUJOURS PARTOUT COMME ÇA.
J'AI PU PARLER AVEC ELLE TOUT À L'HEURE,
ELLE A L'AIR D'ÊTRE UNE GENTILLE MÈRE TRÈS AMICALE ET POSITIVE.
C'EST VRAI, OUI...
MITSUOMI,
JE VAIS ÉPLUCHER LES LÉGUMES.
D'ACC,
Merci !

SCHLAC
SCHLAC
JE SUIS PASSÉ PARCE QUE J'AVAIS UNE LIVRAISON TOUT PRÈS.
JE N'AI PAS EU LE TEMPS DE TE PRÉVENIR,
DÉSOLÉ POUR LA SURPRISE…
SCHLAC
NON,
C'EST PAS GRAVE.
SCHLAC
CONCERNANT VOTRE OFFRE D'EMPLOI…
JE VOUS AI DÉJÀ DIT QUE ÇA NE POURRAIT PAS ÊTRE POSSIBLE…
MAIS JE VOULAIS TENTER UNE AUTRE APPROCHE.
C'EST VRAI,
JE NE CHANGERAI PAS D'AVIS.

HMPH
EN VÉRITÉ,
J'ÉTAIS INQUIET POUR TOI.
COMMENT ÇA ?

EH BIEN, JE NE T'AI PAS REVU DEPUIS QUE TU AS DONNÉ TA DÉMISSION.
SCHLAC
TU N'EN FAISAIS PARFOIS QU'À TA TÊTE ET ÇA M'ÉNERVAIT,
MAIS TU AS TOUJOURS FAIT PREUVE DE SÉRIEUX ET D'ENTHOUSIASME DANS TON TRAVAIL.
JE N'AI JAMAIS CESSÉ DE M'EN VOULOIR DE T'AVOIR LAISSÉ DÉMISSIONNER COMME ÇA.

LE TEMPS EST PASSÉ DEPUIS,
MAIS JE VOULAIS VOIR DE MES PROPRES YEUX SI TU T'EN ÉTAIS BIEN SORTI.
C'EST ÉGOISTE,
HEIN ?
JE M'EN EXCUSE.
HM
ぶん
HM
ぶんっ
VOUS NE DEVRIEZ PAS VOUS SENTIR RESPONSABLE.
EN PLUS...

JE VAIS BEAUCOUP MIEUX, MAINTENANT.
MON PÈRE A REPRIS MA FORMATION DE ZÉRO POUR QUE JE PRENNE LA RELÈVE,
IL Y A ENCORE PLEIN DE CHOSES QUE JE NE CONNAIS PAS, MAIS C'EST AMUSANT ET JE SUIS TRÈS MOTIVÉ.
ÇA PREND DU TEMPS, MAIS IL COMMENCE À REMARQUER MES EFFORTS.
FINALEMENT, MÊME SI JE NE M'Y INTÉRESSAIS PAS À LA BASE,
J'ADORE CE TRAVAIL.

DONC,
JE NE PEUX MALHEUREUSEMENT PAS TRAVAILLER POUR VOUS.
S'INCLINE
MERCI DE VOUS ÊTRE INQUIÉTÉ ET D'ÊTRE VENU ME VOIR.
NON, CE N'EST RIEN !
COMME VOUS POUVEZ LE VOIR, TOUT VA BIEN POUR MOI.
OUI !
JE COMPRENDS.
TU AS L'AIR PLUS IMPLIQUÉ QUE QUAND TU ÉTAIS SUR TÔKYÔ.

ガラッ
CLAC
C'EST MOI !
ガサ
FRT
ガサ
FRT
AH,
MA MÈRE EST LÀ.
JE M'EXCUSE D'ÊTRE VENU SANS PRÉVENIR,
JE VAIS VOUS LAISSER.
OH, VOUS PARTEZ DÉJÀ ?
ガサッ
FRSHT
MERCI D'AVOIR PRIS SOIN DE MON FILS,
VOUS POUVEZ RESTER MANGER AVEC NOUS, VOUS SAVEZ !
MERCI, C'EST GENTIL MAIS...

ぐきゅるるるる……
GROUUUUU...
OH.
SSH
ぐっ
SSH
ぐっ
SSH
ぐっ
YAMATO,
CETTE BOULETTE N'EST PAS ENCORE CUITE.
Prends plutôt celle-là.
Merci !
Merci beaucoup.
Je vous en prie !

DITES-MOI QUE JE RÊVE...
SSH
MIT-SUOMI,
MITSUOMI !
HM ?
AH, TU VEUX DU GINGEMBRE.
FUIP
OUI !
MIAM
MIAM
MERCI !

TU METS DU GINGEMBRE PARTOUT...
MAIS ÇA RÉCHAUFFE EN HIVER ET C'EST BON POUR LA SANTÉ.
DITES-MOI...
COMMENT VOUS APPELEZ-VOUS ?
!
GLOUPS
PARDON, JE NE ME SUIS PAS ENCORE PRÉSENTÉ.
JE M'APPELLE YAMATO KUMAI.
VOUS ÊTES FRÈRES ?
Non,
J'HABITE DANS LE VOISINAGE...
JE...
JE SUIS UN AMI DE MITSUOMI.
UN AMI...
CE N'EST PAS FORCÉMENT FAUX...

AH BON ! VOUS AVEZ LE MÊME ÂGE ?
C'EST ÇA.
VOUS ÊTES AMIS...
MAIS VOUS ME RAPPELEZ LES COUPLES QUI SE FRÉQUENTENT DEPUIS DE NOMBREUSES ANNÉES.
GLOUPS
AHEM AHEM !
JE...
JE SUIS SÛR QUE MON FILS VOUS A BIEN EMBÊTÉ !
Oh,
NON, PAS DU TOUT,
LES CLIENTS LE COMPLIMENTAIENT SOUVENT.
Voilà pour vous.
Merci beaucoup !

IL Y A BEAUCOUP DE NOUVEAUX EMPLOYÉS QUI NE VEULENT PAS ÉCOUTER MÊME S'ILS NE SONT PAS ASSEZ EXPÉRIMENTÉS...
MAIS MITSUOMI ÉTAIT TOUJOURS TRÈS ATTENTIF ET S'EST VITE ADAPTÉ.
J'ÉTAIS PLUTÔT IMPRESSIONNÉ.
VOUS NE M'AVEZ JAMAIS DIT ÇA !
PARCE QUE TU PRENDS TOUT DE SUITE LA GROSSE TÊTE.
QUOI ?
N'IMPORTE QUOI !
Aaah...
VOUS AVEZ BIEN CERNÉ MON FILS, MONSIEUR HIGUCHI !
CLOP CLOP
CLOP CLOP
とくっ
MERCI BEAUCOUP.
UNE FOIS, IL M'A DEMANDÉ CONSEIL SUR COMMENT SOURIRE SANS EFFRAYER LES CLIENTS.
ROUGIT
かあっ
A...ARRÊTEZ !

AH BON, ÇA S'EST PASSÉ COMMENT ?
LÂCHEZ-MOI...
わはは
AH AH AH
C'ÉTAIT DÉLICIEUX !
カタンッ
CLONG
MON PÈRE VOUS A FAIT BEAUCOUP BOIRE, ÇA VA ALLER POUR RENTRER ?
VOUS ÊTES EN VOITURE, JE CROIS ?
NON, JE SUIS VENU EN TRAIN !
EN...
EN TRAIN ?! MAIS LE DERNIER...
LE DERNIER PART À 20H30 !

ON EST DIMANCHE AUJOURD'HUI, CE SONT LES HORAIRES DU WEEK-END !
HEIN ?!
AH BON ?
HA HA
BON, EH BIEN JE CROIS QUE VOUS ALLEZ RESTER DORMIR ICI.
FUIP
DÉSOLÉ, ÇA NE T'A PAS MIS MAL À L'AISE ?
MA MÈRE T'A UN PEU FORCÉ À RESTER...
NON, ÇA VA !
C'ÉTAIT AMUSANT, ON A BEAUCOUP PARLÉ ET LE REPAS ÉTAIT DÉLICIEUX.
DONC HIGUCHI VA DORMIR CHEZ VOUS ?
Merci beaucoup...
Vous pouvez prendre ce pyjama.
ON DIRAIT BIEN, OUI.
Ha ha ha...

C'EST UN HOMME UN PEU MALADROIT,
MAIS NIVEAU TRAVAIL, ON PEUT TOUJOURS COMPTER SUR LUI.
BON...
J'Y VAIS.
AH,
D'AC-CORD...
FAIS ATTENTION À TOI.
OH,
SALUT YAMATO !
CRIII

HARADA !
DEPUIS QUAND TU FAIS DU VÉLO, TOI ?
J'AI DÛ ALLER AU SUPERMARCHÉ QUI VEND DES ŒUFS MOINS CHERS.
FRSHT
ÇA FAIT BIZARRE DE TE VOIR FAIRE LES COURSES COMME ÇA.
LA FERME !
ET TOI ?
TU REVIENS DE CHEZ MITSUOMI ?
OUI...

QU'EST-CE QU'IL Y A ?
VOUS VOUS ÊTES PRIS LA TÊTE ?
GRIP
NON, PAS DU TOUT...
HMM...
ÇA VOUS EST DÉJÀ ARRIVÉ DE VOUS DISPUTER ?
NON, JAMAIS.

C'EST MOI !
BONSOIR.
TU T'ES RÉGALÉ ?
OUI.
YAMATO KUMAI
TU AS REÇU UNE LETTRE DU FOYER.
GLOU
ゴクッ
GLOU
ゴクッ
HAA...
JE N'ARRIVE PAS À DORMIR.
BEAUCOUP TROP D'ÉMOTIONS AUJOURD'HUI...
LA VENUE DE HIGUCHI, LE MALAISE AVEC YAMATO...

Je ne sais pas pourquoi,
Mais sa réponse quand je lui ai parlé du PACS...
Je pensais qu'il allait être super enthou-siaste.
Pourtant, si on pense à notre histoire...
Il doit bien savoir
Que je ne dis pas ça à la légère,
Et que ce n'est pas quelque chose qu'il peut minimiser en riant.
IL A DÛ ÊTRE DÉÇU D'APPRENDRE QUE J'AVAIS DÉMISSION-NÉ,
PARCE QU'À LA BASE JE LUI AI DIT QUE JE M'ÉTAIS FAIT VIRER...
JE NE LUI AI MÊME PAS EXPLIQUÉ POURQUOI...
TING
HM ?
QUI EST-CE QUE ÇA PEUT ÊTRE, À CETTE HEURE ?
4:09

Yamato
Le foyer où j'étais organise un pilonnage de mochi
Ça m'aiderait d'avoir un homme avec moi, tu peux venir ?
YAMATO...
C'EST PRÉVU... POUR QUAND ?
TAP
TAP
Quand ?
Yamato
Oh, t'étais réveillé ? Le 18
TING
Ok
T'es réveillé toi aussi
Yamato
Je me suis réveillé super tôt
TING
PFFT,
UN VRAI PETIT VIEUX !

Allô ?
OUI…
Bonjour !
JE NE VIENS PAS DE ME LEVER, J'AI FAIT NUIT BLANCHE.
Bon, qu'est-ce que je dois te dire alors,
Bonne nuit ?
HA HA
JE VOULAIS JUSTE ENTENDRE TA VOIX.
Donc, ton travail à Tôkyô…
C'est toi qui es parti ?

OUI.
Hmm…
PAR OÙ COMMENCER…
JE N'AI JAMAIS VOULU TE MENTIR, MAIS JE NE M'EN SOUVENAIS PLUS VRAIMENT.
Il n'y a pas qu'à toi, je ne l'avais pas dit à mes parents non plus.
JE VOIS.
Comme tu le sais, je suis quelqu'un qui s'énerve facilement,
Il m'arrivait de me friter pour des choses débiles…
J'AI ESSAYÉ DE ME JUSTIFIER EN DISANT QUE J'ÉTAIS MALADROIT POUR COMMUNIQUER,
ET MÊME SI JE N'AVAIS RIEN DIT DE MAL, MON SUPÉRIEUR NE L'A PAS APPRÉCIÉ.

IL M'A DEMANDÉ D'ÉCRIRE MA LETTRE DE DÉMISSION SUR LE CHAMP.
IL N'A MÊME PAS CHERCHÉ À DISCUTER AVEC MOI.
IL M'A DIT D'UN TON MOQUEUR « C'EST POUR TON BIEN ».
C'ÉTAIT SI HUMILIANT QUE JE PRÉFÉRAIS QU'ON PENSE QUE JE M'ÉTAIS FAIT VIRER.
JE VOIS...
La voix douce de Yamato...
Me transperçait le cœur lentement...

MAIS...
FUIP
C'EST PARCE QUE J'AI VÉCU ÇA QUE J'EN SUIS ARRIVÉ LÀ AU-JOURD'HUI.
C'EST CE DONT JE ME SUIS RENDU COMPTE DEPUIS QUE JE SUIS RENTRÉ.
Et...
Celui qui m'a fait réaliser tout ça...
MERCI,
YAMATO.

LA ROUE TOURNE,
ET MÊME SI JE NE PENSAIS JAMAIS EN PARLER À QUELQU'UN...
Je me sens plus léger après t'avoir tout raconté.
Je n'ai jamais été employé dans une entreprise donc je ne peux pas comprendre ce que tu as vécu...
HOP
CE N'EST RIEN, ÇA.
JE VOULAIS JUSTE QUE TU M'ÉCOUTES.
SHLACK
Je vais pouvoir dormir un peu grâce à toi.
D'ACCORD...
BONNE NUIT, MITSUOMI.

…
!
QUOI ?!
UN BISOU DE BONNE NUIT ?!
FROTTE FROTTE
JE FERAI ÇA QUAND ON SE VERRA…
N'IMPORTE QUOI !
T'ES VRAIMENT GÊNANT DES FOIS, HEIN !
Tout va bien,
Je n'ai besoin de l'approbation de personne.
Je suis bien heureux comme je suis.
ÇA FAIT LONGTEMPS QUE VOUS VOUS CONNAISSEZ,
TOI ET LE VOISIN ?

VOUS PARLEZ DE YAMATO ?
JE NE LE CONNAIS QUE DEPUIS QUE JE SUIS RENTRÉ, DONC ÇA FAIT BIEN CINQ ANS...
AH BON, JE PENSAIS QUE VOUS ÉTIEZ AMIS D'ENFANCE...
Ce n'est pas grand chose mais prenez ça comme souvenir.
ガラッ
CLAC
チリーン
DRIIING
OH,
Un client.
DÉSOLÉ, JE VAIS DEVOIR VOUS LAISSER.
PAS DE SOUCIS,
REMERCIE TES PARENTS DE MA PART.
PRENDS SOIN DE TOI.
MERCI,
VOUS AUSSI, MONSIEUR HIGUCHI.

TU DIRAS AU REVOIR À TON PETIT COPAIN DE MA PART.
GLOUPS
ドキッ
À LA PROCHAINE !
CLIC
カラ
GLAC
カラ
CHOC
CHOC
IL… IL LE SAVAIT ?!
JEUNE HOMME ?
TAP
バタ
J'ARRIVE !
TAP
バタッ
LA COULEUR DORÉE DE LA POIGNÉE SE DÉTERIORAIT AUSSI ALORS JE L'AI REMPLACÉE,
N'HÉSITEZ PAS À ME DIRE SI VOUS AVEZ BESOIN DE FAIRE RÉPARER QUOI QUE CE SOIT D'AUTRE.
EH BIEN, MERCI BEAUCOUP.

restart can be hungry

restart can be hungry

IL PARAÎT QU'IL VA NEIGER LA SEMAINE PROCHAINE.
AH BON ?
ENFIN, ILS ONT DIT QUE ÇA N'ALLAIT ÊTRE QUE QUELQUES CENTIMÈTRES.
C'EST RARE QU'ELLE TIENNE DANS CE COIN.
Je vais devoir renforcer la serre ...
C'EST VRAI QUE VOUS LES FERMIERS, VOUS DÉPENDEZ BEAUCOUP DE LA MÉTÉO.
C'ÉTAIT QUAND DÉJÀ LA COMPÉTITION DE PILONNAGE DE MOCHI ?
J'ESPÈRE QUE ÇA NE SERA PAS ANNULÉ À CAUSE DU TEMPS.

MOI AUSSI...
On se dit rarement « Je t'aime » avec Mitsuomi.
C'est ce que j'ai remarqué durant la cérémonie de mariage de Harada.
#004

Quel est le meilleur souvenir
Que vous avez d'Hiromu ?
Je pense que c'est la première fois qu'il m'a dit « Je t'aime ».
Ça m'a beaucoup marquée.
ÇA FAIT TROIS ANS QU'ON EST ENSEMBLE…
JE SUIS VRAIMENT PATHÉTHIQUE DE NE M'EN ÊTRE RENDU COMPTE QUE MAINTENANT…

YAMATO, TU VEUX UN DESSERT ?
いちごフェア
ILS ONT UNE COUPE DE GLACE À LA FRAISE,
T'ADORES ÇA.
HMM...
JE T'AIME.
Je pourrais lui dire ça si facilement, pourtant...
Non,
PAS AUJOURD'HUI.
C'était vraiment bon !
カチャン
POC
TU ES SÛR ?
C'EST RARE !
AU FAIT,
MONSIEUR HIGUCHI M'A DIT DE TE PASSER LE BONJOUR.
JE NE SAIS PAS COMMENT, MAIS IL A COMPRIS QU'ON ÉTAIT ENSEMBLE.

QU'EST-CE QUI NE VA PAS ?
TU NE TE SENS PAS BIEN ?
NON, ÇA VA...
MONSIEUR HIGUCHI !
Ha ha !
Je m'excuse, arrête de bouder !
CE JOUR-LÀ...
TU M'AS MONTRÉ
UNE NOUVELLE FACETTE DE TOI QUE JE NE CONNAISSAIS PAS.

?
BAH... C'EST NORMAL, NON ?
IL Y A UNE PARTIE DE MOI QUE JE NE MONTRE QU'À TOI,
ET PUIS L'AUTRE QUAND JE SUIS AVEC MES CONNAIS-SANCES.
C'EST VRAI.
Oui,
Même si c'est évident,
Ça me rend confus...
On passe beaucoup de temps ensemble,
Mais ça ne fait que quatre ans qu'on se connaît.
Il y a beaucoup d'amis et de connaissances de Mitsuomi que je n'ai encore jamais vus,
Et c'est pareil de son côté.

MAIS DERNIÈREMENT, C'EST COMME SI TOUS CES DÉTAILS ME SAUTAIENT AUX YEUX,
AU FOND, ÇA NE ME DÉRANGE PAS PLUS QUE ÇA...
C'EST JUSTE QUE JE ME DEMANDE SI JE MÉRITE D'ÊTRE À SES CÔTÉS...
EST-CE QUE JE SUIS VRAIMENT CELUI QUI POURRAIT LE RENDRE HEUREUX...
ON PEUT Y ALLER SI TU NE PRENDS PAS DE DESSERT.
OUI...
CRRII
ガタッ
Il y a trois ans, j'ai réalisé que j'étais capable d'aimer quelqu'un,
Mais je commence à redevenir comme avant.
Désolé, je n'ai pas de monnaie...
OH,
閉店のお知らせ
LE RESTAURANT VA FERMER.

C'EST VRAI QU'IL N'Y AVAIT PERSONNE À CHAQUE FOIS QU'ON VENAIT...
OUI...
C'EST TRISTE, ON Y ALLAIT SOUVENT ENSEMBLE OU AVEC HARADA.
CLAC
カチッ
TU SAIS...
QUAND IL EST VENU À LA BOUTIQUE L'AUTRE JOUR,
IL M'A DEMANDÉ SI ON S'ÉTAIT DISPUTÉS.
GLOUPS
ドキッ
JE LUI AI DIT QUE NON,
MAIS JE CROIS QU'IL Y A QUELQUE CHOSE DONT TU AIMERAIS ME PARLER, NON ?

JE SUIS PRÊT À T'ÉCOUTER, MÊME SI C'EST QUELQUE CHOSE DE NÉGATIF.
Tu te trompes, Mitsuomi...
POURQUOI EST-CE QUE TU NE M'EN PARLES PAS ?
TU SAIS QUE TU PEUX TOUT ME RACONTER.
Non, c'est justement parce que ça te concerne...
JE NE VEUX PAS TE FORCER,
MAIS DERNIÈREMENT TU ES VRAIMENT BIZARRE AVEC MOI.
ON N'AVANCERA PAS SI TU NE ME DIS RIEN !
SERRE

ÇA NE SORT PAS !
TOI TU NE M'AS PAS DIT QUE TU AVAIS DÉMISSIONNÉ DE TON TRAVAIL, SI ?
GRAB
MAIS TOI C'EST BEAUCOUP PLUS GRAVE,
ET TU N'OSES PAS ME LE DIRE FRANCHEMENT ?!
MAIS POURQUOI ?
SI C'EST QUELQUE CHOSE QUI ME CONCERNE ALORS DIS-LE !
HEIN ?
RIEN À VOIR, JE NE TE L'AI PAS DIT PARCE QUE JE PENSAIS QUE CE N'ÉTAIT PAS IMPORTANT !
MAIS...
C'EST...
JE VEUX PAS TE LE DIRE MAINTENANT.

SI TU N'ARRIVES MÊME PAS À ME DIRE ÇA,
ALORS QU'EST-CE QU'ON FAIT ENSEMBLE...

CLIC
カチャ
ゴツ
FUIP
MITSUOMI !
JE RENTRE À PIED.
CLAC
SILENCIEUX
BIENVENUE !
BAH...
QU'EST-CE QU'IL SE PASSE, YAMATO ?

JE CROYAIS QUE VOUS NE VOUS ÉTIEZ PAS DISPUTÉS...
C'EST MOI QUI AI DIT QUELQUE CHOSE DE MAL ?
Désolé.
NON, CE N'EST PAS DE TA FAUTE,
C'EST MOI LE PROBLÈME.
AH.
DÉSOLÉ, C'EST MA FEMME.
TU PEUX POSER ÇA PRÈS DE LA CAISSE.
POF
Hein ?
De quoi ?
Même si j'aurais dû être heureux avec l'idée du PACS...
Je suis déjà très heureux comme ça.
Je ne sais pas pourquoi,
Cette idée m'a effrayé.

C'EST SÛREMENT PARCE QUE JE ME CONSIDÈRE ENCORE
COMME « LE PAUVRE PETIT GARÇON QUI A ÉTÉ ABANDONNÉ »...
Mes pensées négatives
Reprennent le dessus encore une fois...
Je me déteste quand je suis comme ça...
FRSHT
JE MANQUE JUSTE DE CONFIANCE EN MOI...
DU LAIT DEMI-ÉCRÉMÉ ?
C'EST QUOI LA DIFFÉRENCE, ÇA NE CHANGE RIEN NON ?
C'EST BON, J'AI COMPRIS, JE PRENDRAI ÇA EN RENTRANT.
ÉCRÉMÉ OU DEMI-ÉCRÉMÉ, C'EST LA MÊME CHOSE.
BIP
HA HA
C'EST ELLE QUI PORTE LA CULOTTE ?
N'IMPORTE QUOI
DIS-MOI...

QUAND EST-CE QUE TU AS DÉCIDÉ QUE TU VOULAIS TE MARIER ?
HMM...
EN FAIT JE N'AVAIS PAS FORCÉMENT ENVIE DE ME MARIER,
MAIS JE ME SUIS DIT QUE SI JE DEVAIS LE FAIRE, ALORS JE LA CHOISIRAI ELLE.
ET POUR LA DEMANDE ?
TU LUI AS SORTI UN TRUC COMME « JE VAIS TE RENDRE HEUREUSE TOUTE TA VIE » ?
Oh, t'as mis des tomates cerises !
T'ES INDISCRET AUJOURD'HUI !
EN FAIT...
JE ME SENTAIS JUSTE PLUS HEUREUX QUAND J'ÉTAIS AVEC ELLE.
JE PENSE QUE C'EST UNE RAISON SUFFISANTE.

BREF,
TU PEUX ÉVITER LES SUJETS EM-BARRASSANTS COMME ÇA ?
SÉRIEUX !
ÊTRE ENCORE PLUS HEUREUX…
AVEC CETTE PER-SONNE…
IL PARAÎT QU'IL VA NEIGER DANS LA SOIRÉE ALORS FAIS ATTENTION.
DIS BONJOUR AU PERSONNEL DU FOYER…
CRII
ガラッ
OUI !
ALLEZ, À PLUS TARD !

CLAC
ピシャッ

MERCI...
D'ÊTRE VENU ME CHERCHER.
JE T'AI DIT QUE J'ALLAIS T'ACCOMPAGNER,
ET PUIS JE N'ALLAIS PAS FAIRE UN FAUX PLAN AU PERSONNEL DU FOYER.
ÇA FAIT COMBIEN DE TEMPS QUE TU N'Y ES PAS ALLÉ ?
Euh...
7 ANS ?
MAIS ON S'ENVOIE DES CARTES DE VŒUX CHAQUE ANNÉE.
JE VOIS.
ZIEUTE
ON SE PARLE NOR-MALEMENT, MAIS...
Je ne me suis jamais disputé avec quelqu'un,
Donc je ne sais pas ce qu'il faut faire pour se réconcilier.
児童養護施設
はれのひ

CLAC
YAMATO !
TU ES VENU DE SI LOIN,
ET TU NOUS AS AMENÉ UN AMI !
BIENVENUE À LA MAISON.
ÇA FAIT LONGTEMPS.

LES MOCHI QUI VIENNENT D'ÊTRE PRÉPARÉS SONT DÉLICIEUX...
MIAM
MIAM
C'EST VRAI !
MITSUOMI.
FUIP
TU EN AS SUR LE COIN DE LA BOUCHE...

RETOURNE
ふいっ
JE M'EN OCCUPE.
JE VAIS ALLER EN CHERCHER D'AUTRES.
FUIP
HAAA
JE M'EN DOUTAIS,
IL N'EST PAS COMME D'HABITUDE...
C'EST LA PREMIÈRE FOIS QUE TU NOUS AMÈNES UN INVITÉ, NON ?

JE NE T'AI PAS VU UNE SEULE FOIS AVEC QUELQU'UN DEPUIS QUE JE SUIS ICI.
JE M'INQUIÉTAIS TU SAIS...
IL NE FALLAIT PAS !
TAP
JE SUIS HEUREUSE QUE TU TE SOIS FAIT UN MERVEILLEUX AMI.
La soupe est délicieuse aussi !
Oh, je vais en prendre un peu alors !
Je vous recommande le mochi épicé.

OH !
C'EST LÀ.
カチャ
CLAC
Elle n'a pas changé !
C'EST LA CHAMBRE QUE J'UTILISAIS AVEC UN AUTRE ENFANT,
ELLE EST VIDE, MAINTENANT.
TU ES RESTÉ ICI COMBIEN DE TEMPS ?
C'ÉTAIT À LA FIN DE MES ANNÉES COLLÈGE, DONC...
CINQ ANS, À PEU PRÈS ?
OUAH !
LE PLAFOND...
JE L'AI CABOSSÉ EN DONNANT UN COUP DE PIED EN DORMANT, MAIS IL Y A TOUJOURS LA TRACE.
FUIP
FUIP
DONC TU BOUGES DANS TON SOMMEIL DEPUIS TOUJOURS ?

EN DEHORS DE CELUI-CI,
IL Y A DEUX AUTRES FOYERS QUI SE SONT OCCUPÉS DE MOI.
POF
EN VÉRITÉ...
IL Y A PLEIN D'ENDROITS QUE JE PEUX APPELER « LA MAISON ».
ET MOI...

SWOSH
QUOI ?
RIEN,
JE ME RENDS COMPTE QUE TU AS UNE GRANDE FAMILLE…
On peut s'attendre
À environ dix centimètres de neige demain matin.
IL VA NEIGER PLUS QUE PRÉVU.
HEUREUSEMENT QU'ON A RÉUSSI À RENTRER À TEMPS.
Merci pour aujourd'hui.
De rien,
J'ESPÈRE QUE ÇA IRA POUR LES CHAMPS.
J'AI CONSOLIDÉ LA SERRE, MAIS ELLE EST FRAGILE SOUS LA NEIGE…
JE VAIS ALLER LA DÉBLAYER.

JE VAIS T'AIDER !
QUOI ?
FLIP
ÇA IRA PLUS VITE À DEUX, TU NE PENSES PAS ?
MERCI POUR TON AIDE,
VRAIMENT.
TU PENSES QUE ÇA VA ALLER?
PEUT-ÊTRE...
DE TOUTE FAÇON, ON NE POURRA PAS ENLEVER LA NEIGE DU TOIT.
CLANG
カラン
CLANG
カラン
JE VAIS AUGMENTER LE CHAUFFAGE.
BIP
ピッ
BIP
ピッ
BIP
ピッ

PARDON...
À PROPOS DE LA DERNIÈRE FOIS ?
C'EST MOI QUI DEVRAIS M'EXCUSER.
C'EST MOI QUI T'AI CRIÉ DESSUS,
J'AI VOULU TE POUSSER À TOUT ME DIRE.

NON, MITSUOMI !
JE CROIS QU'ON S'EST MAL COMPRIS,
CE N'EST PAS CE GENRE DE CHOSES...
QU'EST-CE QUE TU VEUX DIRE PAR LÀ ?
JE...
JE NE VEUX PAS TE QUITTER OU QUOI QUE CE SOIT.
TU PEUX ME CROIRE.

HMPH
HOO
L'AUTRE JOUR
JE T'AI DEMANDÉ CE QU'ÉTAIT NOTRE RELATION.
DEPUIS QUE MA MÈRE M'A PARLÉ DU PACS,
J'AI REMARQUÉ QUE JE NE POUVAIS PAS METTRE DE NOM SUR CE QU'ON ÉTAIT.
JE PENSAIS QUE SI ON OBTENAIT UN PACS, ÇA DEVIENDRAIT PLUS CLAIR ENTRE NOUS.
DONC QUAND TU M'AS DIT QUE TU ÉTAIS DÉJÀ TRÈS HEUREUX COMME ÇA...
ÇA M'A FAIT UN CHOC.
MOI-MÊME JE PENSE QU'ON N'A PAS VRAIMENT BESOIN DE ÇA,
MAIS C'EST COMME SI TU ME DISAIS QUE TU NE TE VOYAIS PAS CONSTRUIRE UN AVENIR AVEC MOI.

JE NE LE PENSAIS PAS COMME ÇA !
JE SAIS,
JE L'AI BIEN COMPRIS, MAINTENANT.
MAIS COMME C'EST CE QUE JE CROYAIS À CE MOMENT,
ÇA M'A ÉNERVÉ QUE TU N'OSES PAS ME DIRE CE QUE TU AVAIS SUR LE CŒUR.
JE SAIS QUE JE NE SERAIS PEUT-ÊTRE PAS LA PERSONNE À QUI TU RACONTES TOUT,
MAIS JE NE VEUX PAS QUE TU HÉSITES À ME DIRE LES CHOSES OU QUE TU ME CACHES QUE TUNE VAS PAS BIEN.
MÊME SI ON SE DISPUTE,
ON SE RÉCONCILIERA.
MÊME S'IL ARRIVE UN JOUR OÙ ON ARRÊTE DE S'EMBRASSER,

ET MÊME QUAND ON SERA VIEUX,
JE VEUX RESTER À TES CÔTÉS !

Depuis que je t'ai rencontré, je me le suis souvent imaginé.
Moi supportant ta mauvaise humeur dans la véranda habituelle.
On rirait en mangeant des gâteaux apéritifs...
Ce genre de choses.
Qu'est-ce que tu racontes !
C'EST...
Aah...
C'EST...
Pourquoi ?
C'EST TOUT CE QUE JE VEUX !
J'ai la réponse
Depuis bien longtemps..
Quelque chose de si simple...
Je devrais pouvoir lui dire...

Maintenant !
FSHAA
BLAM
MITSUOMI...
CRIII
MITSUOMI !!

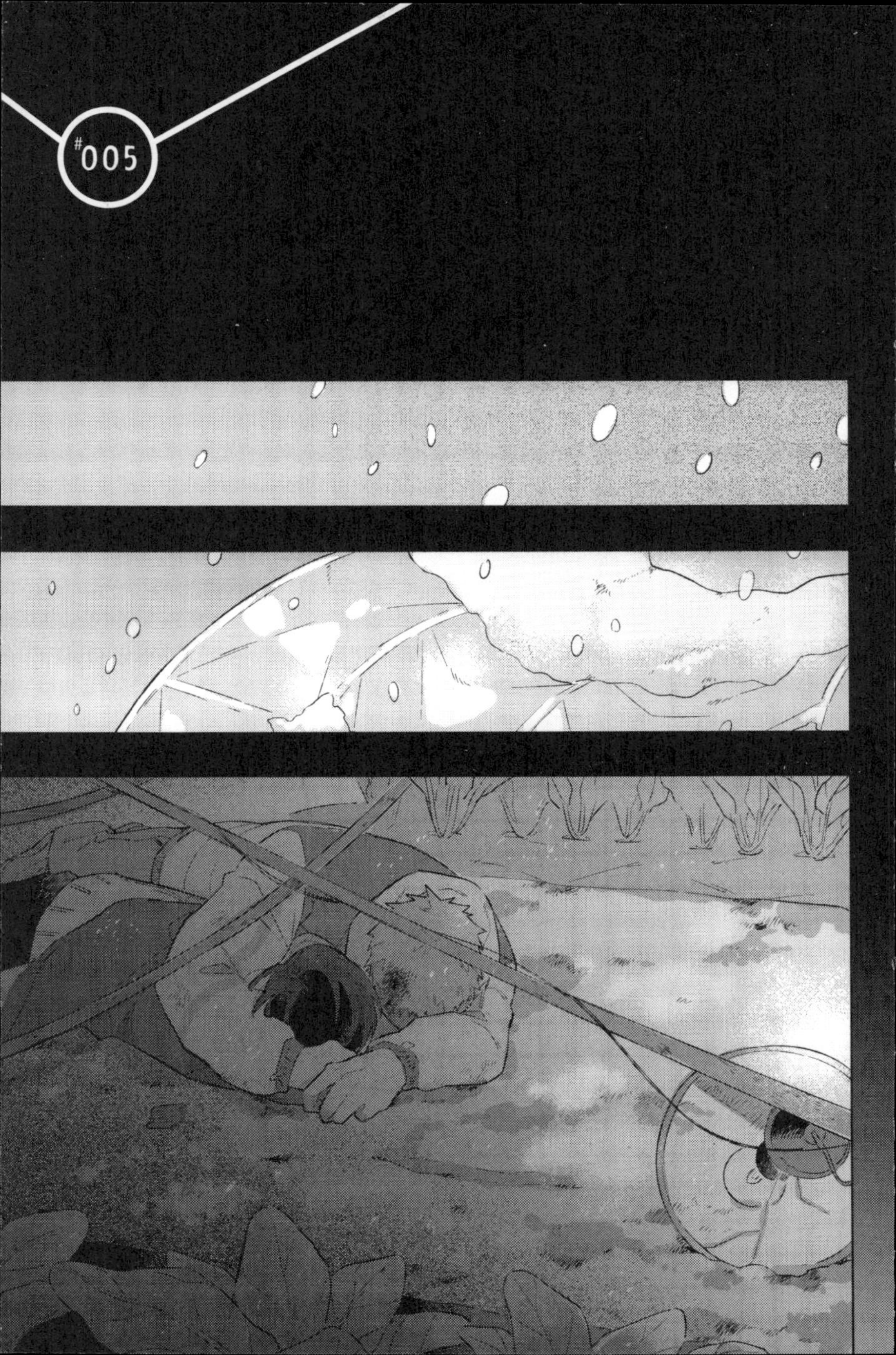

#005

HMPH...
AÏE...
QU'EST-CE...
QU'IL S'EST PASSÉ...

YA... YAMATO...
HÉ !
YAMATO !
HMM...
EUH,
PAPY...
NON !
UNE AMBULANCE...

C'ÉTAIT QUEL NUMÉRO DÉJÀ...
TREMBLE
TREMBLE
YAMATO...
YAMATO !!
....
....
CRIII
METTEZ-LE SUR LE BRANCARD...

J'AI RÉUSSI À CONTACTER L'HÔPITAL MARUYAMA.
D'AC-CORD !
PRÉPAREZ-VOUS À L'EMMENER.
HMM ?
J'AI PERDU CONNAISSANCE ?
ET MITSUOMI ?
EST-CE QUE MITSUOMI...
FRR
COMMENT A-T-IL RÉAGI QUAND VOUS LUI AVEZ PARLÉ ?
IL M'ENTEN-DAIT...
IL A RÉUSSI À ME DIRE QUELQUES MOTS.
IL A VOMI ?
NON.

J'AI DES VERTIGES...
HEUREU-SEMENT...
IL N'EST PAS BLESSÉ.
ON VA L'EMMENER AVEC NOUS.
VOUS POUVEZ MONTER SI VOUS ÊTES DE LA FAMILLE.
OUI !
JE VIENS AVEC VOUS !

*Panneau : Stationnement interdit / Entrée et sortie d'ambulances

UNE COMMOTION CÉRÉBRALE... ?
PAPY ME L'AVAIT DÉJÀ DIT,
MAIS À CAUSE DE LA CHALEUR DU CHAUFFAGE, LA NEIGE FOND ET L'EAU PÈSE SUR LA TOILE DE LA SERRE...
DE TOUTE FAÇON LES BARRES DE SOUTIEN ÉTAIENT PLUTÔT VIEILLES...
J'AURAIS DÛ FAIRE ATTENTION.
HA HA

J'AI VRAIMENT CRU...
QUE TU ALLAIS MOURIR.
DEPUIS QUE JE TE CONNAIS,
TU N'AS JAMAIS ATTRAPÉ DE RHUME ET TU AS TOUJOURS ÉTÉ EN PLEINE FORME...
TU T'ES AUSSI FAIT EXAMINER, MITSUOMI ?
JE SUIS RASSURÉ QUE TU AILLES BIEN.
C'EST GRÂCE À TOI...
JE N'AI PLUS DE SYMPTÔMES, TU PEUX LEVER LA TÊTE...

ALLEZ !
HMPH
ギッ
HOP
ば
FRSHT
さっ
HÉ !
REPOSE-TOI...
T'AS LEVÉ LA TÊTE.
MITSUOMI,
DONNE-MOI TA MAIN.

BOBOM
BOBOM
BOBOM
OH...
TOUT VA BIEN...

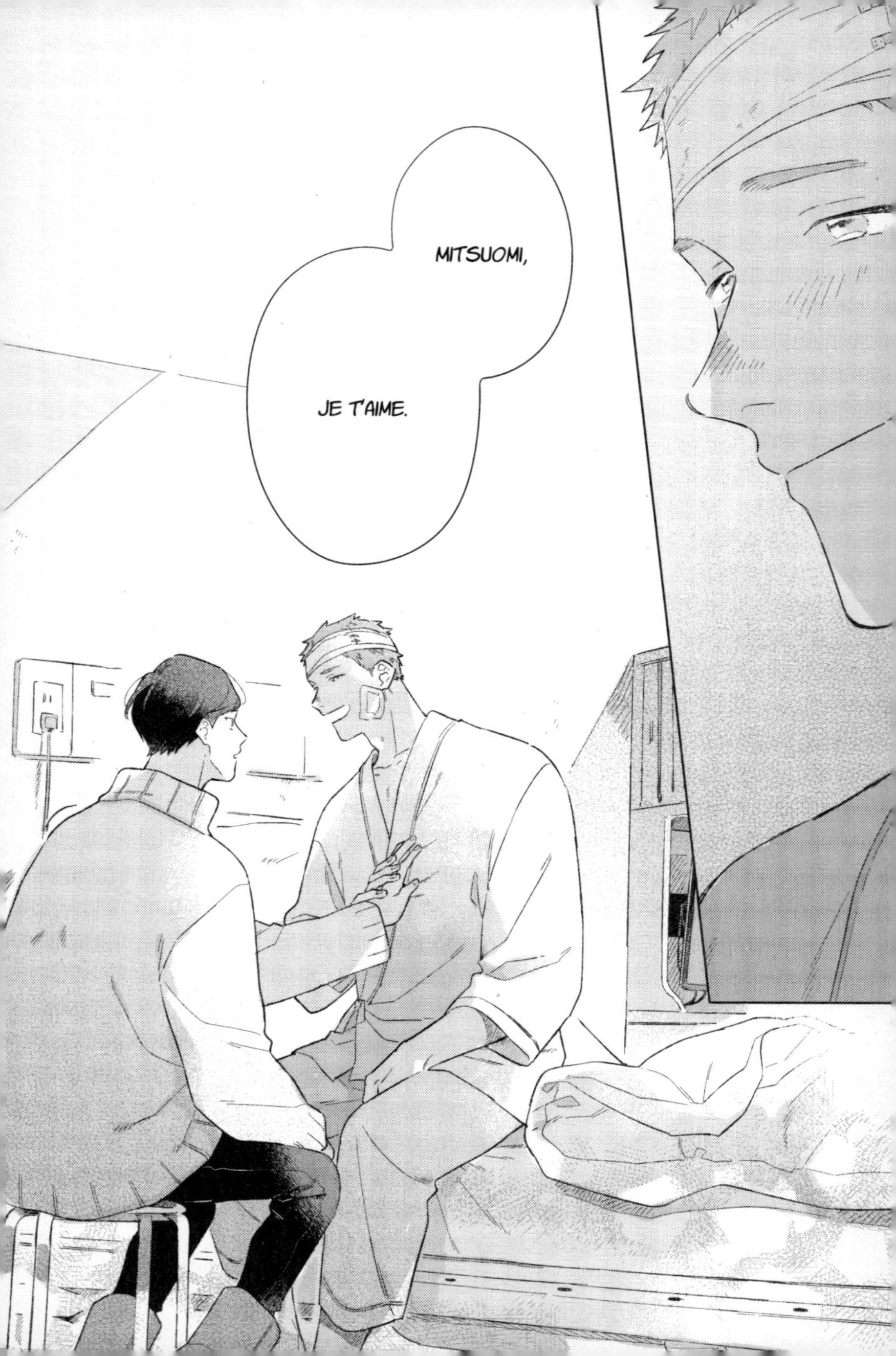
MITSUOMI,
JE T'AIME.

J'AI ENFIN RÉUSSI À TE LE DIRE.
QU'EST-CE QUI T'ARRIVE ?
JE LE SAVAIS DÉ...
JE SAIS.
JE ME DOUTE QUE TU LE SAVAIS.
MAIS JE N'AVAIS JAMAIS RÉUSSI À TE LE DIRE.
DÉSOLÉ D'AVOIR MIS AUTANT DE TEMPS.

ALORS C'EST ÇA...
LA CHOSE QUE TU ME CACHAIS ?
POUR-QUOI...
POURQUOI MAINTENANT...
ESPÈCE D'IDIOT !
SNIF
Je le savais déjà
Que je l'aimais.
Mais...
C'est la première fois que je me sentais si accompli.
Et j'ai eu l'impression que ce mot...

Je pourrais le lui répéter toute ma vie...
LE FAIT DE REVENIR AU FOYER POUR LA PREMIÈRE FOIS DEPUIS LONGTEMPS
M'A FAIT RÉALISER UNE CHOSE.
UNE FAMILLE A BEAU ÊTRE DIFFÉRENTE, ELLE RESTE UNIE.
PAR EXEMPLE TA FAMILLE À TOI,
CELLE QUE JE REPRÉSENTE AVEC PAPY,
LA FAMILLE D'HARADA...
MÊME SI ON N'EST PAS LIÉS PAR LE SANG, ON EST TOUS LÀ LES UNS POUR LES AUTRES.
TOI ET MOI,
ON EST MEMBRES DE PLUSIEURS FAMILLES ET C'EST TRÈS BIEN COMME ÇA.
ON PEUT ÊTRE AMIS, ON PEUT ÊTRE AMANTS...
ET C'EST VRAI QU'ON N'A PAS BESOIN DE SE PRENDRE LA TÊTE À CHERCHER CE QU'EST NOTRE RELATION.
MALGRÉ ÇA...

JE ME SUIS DIT QUE...
J'AIMERAIS BIEN QUE LE SOIR, EN RENTRANT...
ON PUISSE SE RETROUVER L'UN ET L'AUTRE.
GRAB
ギュッ
MITSUOMI,
TU VOUDRAIS BIEN
FORMER UNE FAMILLE AVEC MOI ?

JE NE SUIS PAS SÛR DE POUVOIR TE RENDRE COMPLÈTEMENT HEUREUX,
MAIS JE SUIS PERSUADÉ QUE JE LE SERAI À TES CÔTÉS.
JUSQU'À...
JUSQU'À CE QU'ON AIT DES RIDES...
JE VEUX PASSER TOUTES CES ANNÉES AVEC TOI.

TU PLEURES BEAUCOUP AUJOURD'HUI.
C'EST À CAUSE DE TOI...
MAIS POURQUOI ?
MÊME SI JE N'ARRIVE PAS À TE RENDRE HEUREUX...
MOI AUSSI JE SAIS QUE JE LE SERAI TANT QUE TU SERAS LÀ.
IDIOT...
MITSUOMI !
HM ?
JE PEUX T'EMBRASSER ?

TU SAIS
JE SUIS VRAIMENT AMOUREUX DE TOI.
SI CE N'EST PAS DE L'AMOUR, JE NE SAIS PAS CE QUE C'EST.
Demande de pacte civil de solidarité
NOM : Mitsuomi Kozuka
Date de naissance : 26/02
NOM : Yamato Kumai
naissance : 09/03/1992

C'EST BON,
VOTRE DOSSIER A ÉTÉ ACCEPTÉ.
FÉLICITATIONS MESSIEURS.

C'EST NOTRE CERTIFICAT...
PACS
YAMATO KUMAI
MITSUOMI KOZUKA
Délivré le 20/04/21
UNIQUEMENT DÉLIVRÉ AUX PACSÉS !
C'EST JUSTE UN MORCEAU DE PAPIER.
ROOH ! T'ES VRAIMENT UN CASSEUR D'AMBIANCE, MITSUOMI !
C'est vrai que c'est un morceau de papier,
Mais bon...
TU RISQUES DE LE PERDRE,
JE VAIS LE LAISSER DANS L'ENVELOPPE.
ガ TAP
サッ
すた FRRT
MITSUOMI ?
HMM ?

LÀ TOUT DE SUITE
JE VEUX QUE TU SACHES QUE JE SUIS TRÈS HEUREUX !
MERCI D'AVOIR CHOISI
DE PARTAGER TA VIE AVEC MOI !

NON,
C'EST MOI QUI TE REMERCIE !

HAAA...
MAINTENANT QUE JE NE SUIS PLUS STRESSÉ, J'AI LA DALLE !
PFFT
OUI !
RENTRONS.
ガラッ
CLAC
ON EST DE RETOUR !
?
ガヤ
BLA BLA
ガヤ
BLA BLA
On est rentrés...
IL Y A QUELQU'UN ?

OH !
ILS SONT LÀ, NOS TOURTEREAUX.
HARADA !
PAPY ?!
VOUS ÊTES EN RETARD,
LE REPAS A DÛ REFROIDIR !
Allez,
ASSIEDS-TOI !
トンッ
POF
OUAH !

ALORS, PAPY M'A RACONTÉ,
T'ÉTAIS SI NERVEUX QUE TU N'AS PAS MANGÉ CE MIDI !
BOBOM
HEIN ?
Ah,
AH BON ?
ALLEZ, J'AI VRAIMENT FAIM MOI !
CÉLÉBRONS CETTE NOUVELLE ÉTAPE DE LEUR VIE !
SANTÉ !
SANTÉÉÉ !
TCHIN
HM ?

FÉLICITATIONS.
Un petit commentaire à nous partager sur vos sentiments cher monsieur ?
QUOI ?!
AH AH AH !
わはは
はっ

PSCHITT...
PSCHITT...
OUAH...
TROP MIGNONNE...

*NdT : Kaede veut dire « érable »

DIS-MOI,
OÙ EST-CE QUE TU AS MIS LE STOCK DE COUCHES ?
Tout est si petit chez elle...
EUH...
OÙ EST-CE QUE J'AI FOUTU ÇA... DANS LA CHAMBRE À COUCHER.
PSCHITT...
SES CHEVEUX SONT DÉJÀ SUPER LONGS.
PSCHITT...
ET ALORS,
T'ES JALOUX, MITSUOMI ?
HEIN ?!
PAS DU TOUT !
AH !
ELLE BAVE UN PEU.
BWAAAAH
MINCE, DÉSOLÉ !
JE VOULAIS JUSTE LE LUI ENLEVER !
T'AS PEUT-ÊTRE ÉTÉ TROP BRUSQUE ?
PAS DU TOUT !
RÉSISTE
PANIQUE
PANIQUE

HARADA !!
HELP!
Kaede...
CE N'EST RIEN, KAEDE PLEURE BEAUCOUP.
AH BON ?!
BWAAAAH
げしっ
KICK
Ah !
AÏE !
ELLE T'A MIS UN COUP ?
Elle est coriace, comme son père !
こしょ
CHATOUILLE
AREUH
CHATOUILLE
こしょ
AREUH
J'ai réussi à l'amadouer grâce aux chatouilles.
AREUH !

Ah !
ÇA Y EST,
ELLE S'EST CALMÉE.
J'Y AI PENSÉ QUAND NOUS SOMMES ALLÉS AU FOYER L'AUTRE FOIS,
MAIS TU ES PLUTÔT DOUÉ AVEC LES ENFANTS, MITSUOMI.
AH BON ?
OUI !
PEUT-ÊTRE...
QU'ON POURRAIT ENVISAGER ÇA POUR NOUS DEUX AUSSI.

MÊME SI ON NE PEUT PAS AVOIR D'ENFANTS BIOLOGIQUES,
ÇA NE NOUS EMPÊCHERA PAS DE FONDER UNE FAMILLE.
ÇA VA SÛREMENT ÊTRE UN CHEMIN DIFFICILE...
N'est-ce pas Kaede ?
AREUH !

QU'EST-CE QUE TU RACONTES...
ぐいっ
FUIP
OUAH !

EH, ARRÊTEZ DE ROUCOULER DANS MA BARAQUE !
ドッ
GLOUPS
キーーッ
PSCHIT...
PSCHIT...
DEVANT LE BÉBÉ EN PLUS...
VOUS LUI METTEZ DÉJÀ DES SALES IDÉES DANS LA TÊTE !
HI HI
HI HI
DÉSOLÉS !
SI JAMAIS VOUS AVEZ UN ENFANT UN JOUR, IL VAUDRAIT MIEUX QU'IL RESSEMBLE À YAMATO.
ET POURQUOI ?
ÇA CHANGE QUOI S'IL ME RESSEMBLE ?!
Mais oui, mais oui.
IL SERAIT TROGNON S'IL TENAIT DE TOI, MITSUOMI.
TU M'ÉNERVES !

FIN

restart can be hungry

restart can be hungry

Recommencer à l'infini
CLAC
ガラッ
BON...
JOUR...
POUIC
ぎゅ
POUIC
むっ
MITSUOMI !
いでっ
AÏE
いててて
AÏEUH !
AH,
J'AVAIS OUBLIÉ...
C'EST...
C'EST MOI...
BIENVENUE À LA MAISON !
集金
PAPY ET GROUPE DE RETRAITÉS VOYAGE À HAKONE
18

ぽ
PLOC
た.
HÉ.
FRSH
くしゃー
TU N'AS PAS SÉCHÉ TES CHEVEUX !
OUAIS,
DÉSOLÉ, J'AURAIS DÛ.
ちゅ
SMACK
JE T'AIME,
MITSUOMI.

JE T'AIME.
SMACK
JE T'AIME...
SMACK
ちゅっ
PFFT...
TU ME LE DIS TOUT LE TEMPS MAINTENANT.
Hmm
BAH !
TOURNE
ごろんっ
PARCE QUE JE SUIS HEUREUX D'ÊTRE ENFIN ARRIVÉ À TE LE DIRE !
AVANT, JE REMPLAÇAIS ÇA PAR DES BISOUS.
TU L'AVAIS REMARQUÉ ?
ALORS C'EST POUR ÇA QU'IL M'EN FAISAIT PLEIN À CE MOMENT-LÀ...

FUIP
SLURP
NNGH...
TES DOIGTS ME CHATOUILLENT AUJOURD'HUI.
HM ?
AH...
POC
JE ME SUIS FAIT UNE CLOQUE À L'INDEX.
AH OUI...

TU N'AS PAS MAL ?
PAS DU TOUT !
J'AI L'HABITUDE.
TU AS DE VRAIES MAINS DE FERMIER.
SMACK
SLURP
あ
SLURP
む
HMM...

GLOUPS
SMACK
TES DOIGTS À TOI
SONT JOLIS ET SI FINS...
AH !
SURSAUT

J'AVAIS OUBLIÉ !!
だっ
TAC
HÉ !
ドタ
TAP
QU'EST-CE QUI TE PREND ?
バタ
TAP
ガサゴソ
BAM
BIM
ギッ
FRRT
TIENS,
C'EST POUR TOI.
OUVRE !

JE ME SUIS DIT QUE...
C'ÉTAIT AUSSI ÇA, D'ÊTRE ENSEMBLE.

T'ES VRAIMENT PAS DOUÉ POUR LE TIMING, TOI.
On est en caleçon, là...
HEIN ?!
C'EST MAL ?!
ATTENDS !
LAISSE-MOI RECOMMEN-CER !
HORS DE QUESTION !
MITSUOMI !
C'EST BON,
VAS-Y.

HEIN ?
ゆる
TROP LARGE
MAIS POURQUOI ?!
J'AI DEMANDÉ UNE BAGUE SUR-MESURE !

RIEN QUE DE T'IMAGINER EN TRAIN D'ACHETER DES BAGUES POUR NOUS…
PFFT… DÉSOLÉ !
ROH !
ARRÊTE DE TE MOQUER ! JE SUIS SUPER TRISTE !
ALLEZ, DONNE-MOI TA MAIN.

Recommencer à l'infini / FIN

restart can be hungry

restart can be hungry

Une adaptation cinématographique de « Restart : Reprendre ma vie avec toi » a été annoncée et j'ai pu assister au tournage.
JE VOUS EN SUIS EXTRÊMEMENT RECONNAISSANTE !!
Même si j'étais au courant qu'un film allait être tourné,
Le jour du tournage, je n'arrivais toujours pas à y croire.
TA-DA-TADAM
ガタン
ゴトン
MON HISTOIRE VA VRAIMENT ÊTRE ADAPTÉE EN FILM ?
MAIS POURQUOI... ?
JE ME SUIS TROMPÉE DE TRAIN !!
ば
BAM
STRESSÉE AU MAX
J'ai pu assister au tournage à Tôkyô, mais la plupart des scènes ont été filmées dans le département de Nagano !
Les habitants des villes de Chikuma et Ueda nous ont été d'une grande aide.
Merci beaucoup !
Mascotte de Chikuma An-hime
駅
Et puis...
Ouah !
C'EST LA SKY TREE !
Yûki Furukawa Dans le rôle de Mitsuomi Kozuka
C'EST VRAI QUE TU ES UN GARÇON DE LA CAMPAGNE...
Ryô Ryûsei Dans le rôle de Yamato Kumai
OUAH !
J'AI L'IMPRESSION DE LES VOIR !
Manager Y.
J'ai été vraiment émue de voir en vrai toutes ces petites choses
Qui sont difficiles à transmettre dans un manga comme leur manière de se regarder ou de marcher...

Coiffeuse et maquilleuse
Comme c'était un tournage en extérieur,
Furukawa remettait sa doudoune dès qu'il terminait une scène.
Je ne sais pas si c'est parce qu'il faisait froid...
Mais sa manière de courber le dos est très similaire à Mitsuomi.
SUPER ! ON EST À TÔKYÔ !
SA FAÇON DE REGARDER LE PERSONNAGE DE YAMATO ÉTAIT SI GENTILLE...
Ryô Ryûsei se baladait et admirait le paysage entre les scènes,
Et sa façon de discuter en souriant avec le personnel m'a beaucoup marquée.
Il est très sociable et son sourire honnête mettait tout le monde à l'aise.
SA POSTURE RESSEMBLAIT BEAUCOUP À CELLE DE YAMATO
Le metteur en scène Ryûta Inoue m'a beaucoup parlé du tournage à Nagano tout en me montrant des photos.
NOUS AVONS TOURNÉ DANS QUELQUES MAGASINS DE LA VILLE !
ET ÇA C'EST LA MAISON DE YAMATO.
C'est beau, hein ?
C'EST GÉNIAL !!
LES LIEUX DE TOURNAGES SONT AUSSI PARFAITS QUE JE LES IMAGINAIS !
Les nombreuses scènes en camion ont également été filmées avec soin et Ryô Ryûsei conduisait vraiment !
J'ai hâte de voir ça sur grand écran...
Metteur en scène Ryûta Inoue, Qui a attrapé un coup de soleil à Nagano

Je voudrais exprimer ma profonde gratitude envers l'équipe de production qui m'a chaleureusement accueillie sous le froid, et à tous ceux qui ont participé au film et au manga.

Que vous ayez lu mon manga ou non, j'espère que vous regarderez ce film avec une perspective différente et plus profonde.

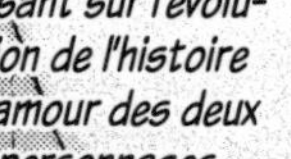

Je compte sur vous pour aller voir le film « Restart : Reprendre ma vie à tes côtés ».

Cocomi

Lorsque j'ai appris pour
l'adaptation au cinéma

Un an et demi après ce coup de fil, je n'ai toujours pas réalisé, mais je compte sur vous pour aller voir le film « Restart : Reprendre ma vie à tes côtés ».

Merci beaucoup de vous être procurés ce deuxième volume.

Pour ce deuxième tome, j'ai choisi l'idée de titre que nous avions finalement rejetée pour le premier.
Je suis très heureuse d'avoir eu l'occasion de pouvoir dessiner la suite de cette histoire, et c'est uniquement grâce à tous les lecteurs fidèles.
Merci infiniment !

Est-ce que mes dessins ont réussi à vous faire craquer… ?
J'espère que vous avez pu ressentir de belles choses grâce à ces deux personnages qui ont franchi une nouvelle étape ensemble.

Je remercie mon responsable Y., la maison d'édition, les graphistes, les imprimeurs,
Mes amis, ma famille et toutes les personnes qui se sont impliquées dans ce projet !

Été 2020 - cocomi

thank you for reading.

restart can be hungry

restart can be hungry

Restart
L'appétit vient en aimant

Hana COLLECTION

www.boys-loves.fr

Traduit du japonais par Angélique Mariet
Responsable Editorial & Production : Tony
Maquette : Tiffani Gauthier

Dépot légal : Mai 2021
ISBN 978-2-38276-025-3
ISSN 2743-4435

Imprimé par GZ Digital Media as